JN082934

お金のいらない国 5

長島龍人

『地球村』出版

ふと立ち寄ったコンビニには、見覚えのある人がいた。店にはちょっと不釣り合いなスーツ姿で、興味深そうに並んだ商品を見ている。間違いなくお金のいらない国の紳士だった。私は声をかけた。

「ご無沙汰しています。また来てくださったんですね」

「ああ、こんにちは。楽しいですね、ここは」

私は笑って聞いた。

「何かほしいものがありますか。お金は持ってないんでしょ」

「あはは、そうですね。ここではこれを手に入れるにはお金というものがいるんですもんね」

私は、紳士が食べてみたいというスナック菓子などをいくつか買って、一緒に私の家に行くことにした。家に着いてお茶を入れ、私と紳士は向かい合って座った。私は言った。

「お久しぶりですね。十五年ぶりくらいでしょうか」

「ああ、地球では時間というものがあるんですよね」

「え？　ええ、まあ」

紳士はスナック菓子を一つ口に入れ、嬉しそうな顔をして二、三度うなずいた。

私は言った。

「あれからどうされていましたか」

「私は、掃除の仕事や、本を書くことを続けています。あなたは？」

「私はいろいろありましたね。結婚したり、子供ができたり。今日は二人とも出かけてるんですが」

紳士は笑顔で言った。

「ああ、結婚というのをされたんですね。楽しいですか」

「ええ、今のところは。子供は面白いですよ」

「子供はかわいいですよね。人間の子も、動物の子も」

紳士は聞いた。

「お金はどうですか。この社会にはまだあるみたいですね」

「ええ。相変わらずこの社会はお金中心に回っています」

紳士は困ったような顔でほほ笑んだ。私は言った。

「でも、結構、お金の社会はおかしいと言い出す人も増えてきましたよ」

「でしょうね。そろそろ気づかないとね」

紳士は、にやっとした。私は続けた。

「最近やっと落ち着いてきましたけど、ここ数年、コロナウイルスなんていうのが世界中で流行ったんです。たくさんの人が亡くなりました」

「地球では過去にも、そういうことはときどき起きていますよね」

「外出が禁止されて、いろんな商売が成り立たなくなって。仕事がなくなった人は大変でした」

「お金が入らないからですね」

「ええ。お店なんかはその上、家賃は払わなくてはならなかったりしてつぶれちゃうんですよね。で、一度つぶれてしまうとコロナが収まっても復活できない」

「なるほど」

「お金の社会でなければ、いくら休んだって、再開できると思うんですけどね」

「そうですね」

「コロナ前までは長い間順調に商売を続けてきた老舗なんかもつぶれちゃったりして」

「気の毒ですね」

「ええ、ほんとに。もったいなかったです。みんな大変ではあったんですが、職種によるんですよね。人が来てくれないと困るお店や旅館や、航空会社とか交通関係は大打撃でした。あと、エンタメ系」

「エンタメというのは？」

「エンターテインメントですね。芝居や映画やコンサート」

「ああ」

「劇場や映画館、俳優やミュージシャン、その関係者も。エンタメなんてね、衣食住には関係ないからなくても死ぬわけじゃないけど、コロナになってみて、いかにそういうものが大事かわかりましたよ」

「娯楽は大切ですよね。実はそのために生きているのかもしれない」

紳士は笑った。

「ほんとに。みんなそれでも何かやれることはないかと必死でしたよ」

「社会はいろいろなことが起きますね」

「ええ。まじめに地道に働いてた人が突然、路頭に迷うことになるんですから」

「お金の社会である以上、そういうことが起こった時の対策を、社会として考えておかないとね」

「ですよね。次に同じようなことが起きた時にみ

んなが困らないようにしないと。でも、どうすればいいのかな。喉元過ぎれば熱さを忘れるじゃないけど、過ぎてしまうと忘れそうだし」

「何事も、起きたということはそこに必ず学ぶべきことがあるはずです。過ぎたから安心するのではなく、反省と次への準備が必要ですね」

「そうですね。ただ、コロナもね。いいこともあったんですよ」

「どんなことですか」

「人との接触が禁止されてみんな家にこもったんですが、パソコンの画面を通して会話することが増えたんですよね」

「なるほどね」

「家で仕事ができるようになったり、授業を自宅で受けたり。もちろん、直接会えないことは不便な部分もありましたが、今でもこれだけリモートを使うようになったのは、コロナのおかげだと思います」

「大変だったことでも、そこから新たな方法を見つけられたわけですね」

「そうですね。怪我の功名というか、転んでもただでは起きないというか、これは社会にとってプラスになったと思います」

私は言った。

「でも不安だなあ。やっぱり時間が経つと痛みを忘れてくるみたいで、しばらく前の震災の後、せっかく止めた原発も、政府は再稼働だとか、新設するとか言ってるし」

「原子力発電所ですね」

「ええ。大きな地震があって、津波で大勢の人が亡くなって。その上、原発が爆発したんです。放射能が漏れだして、いまだに問題は山積みです」

「天災と人災が同時に起きたんですね」

「まさにそうです。原発の恐ろしさが身にしみました」

「ウランは人間の手に負えるものではないようですね」

「ええ。それまでは日本の原発は安全だといわれていたから、多くの人がそう信じてきたと思うんですが、まさかあんなことが起きるなんて。震災前から原発に反対していた人たちの気持ちがやっとわかりましたよ」

「それをまたやろうとしているわけですか」

「ええ。他の国は原発をやめようとしてるところもあるのに、当の日本はまたやろうとしているようです」

「なぜなんでしょう」

「一時は日本中の原発を止めて、それでも電気は何とかなってたんですが。やはり、原発は効率がいいからやりたいんだと思います」

「お金のためですか」

「そうだと思います。コストパフォーマンスがいいんでしょうね。でも一度震災が起きればああなることがわかったわけだし、汚染水の処理や、もともと廃棄物処理の問題は深刻だし、やめた方がいいと思います」

「お金の社会の怖いところですね」

「まず、原発はやめるということを大前提にして、それからどうするのかを考えないといけないと思うんですよ。また同じようなことが起きたら、誰がどう責任を取るつもりなんでしょうか」

　紳士は言った。

「震災も心配ですが、地球上ではまだ戦争が起きているみたいじゃないですか」

「はい」

「それこそ危険ですよね。原発にミサイルでも命中すればひとたまりもありません」

「そうなんですよ。実際に原発も狙われています。一つの国で済む問題じゃないですよね」

　想像すると寒気がした。紳士は言った。

「やはり、根本的に社会のあり方を見直さないといけないでしょうね。危険なものに頼らなくても済む方法が、きっとあるはずですよ」

私は話題を変えた。

「最近はね、キャッシュレスが増えて、現金はあまり使われなくなったんですよ」

「どうしているんですか?」

「昔からクレジットカードはありましたが、最近はいろんなカードや、携帯電話でも買い物ができるんです」

紳士は少し間をおいてから言った。

「お金って何だと思いますか?」

「え。物を買うための道具ですよね」

「そうですね。じゃあ、お金を具体的にイメージすると?」

「紙幣と貨幣かな」

「でも現金は使われなくなってきてるんですよね」

「ええ。となると銀行の通帳の数字かな」

「数字がお金なんですか?」

「そういうことになりますね」

「でも、数字は数字ですよね。実体があるわけではない」

「ええ。でも、その数字で物が買えるんです」

「そうですね。それはそのように社会が決めているからです。その数字と物とを交換できるという約束がされている」

「ええ」

「でもその約束事がなくなれば、数字に実体はないし、価値もない」

「そうですね」

「ということは？」

「え？」

紳士は大きく一呼吸してから言った。

「実は、お金というものは存在しないんです」

存在しないとまで言われてしまうと、私は少し不思議な気持ちになった。

「……ではお金とは何なんでしょうか」

「私が定義するなら、お金とは『交換の権利を数字で表したもの』です」

「なるほど。権利だから実体はないんですね」

「そうです。紙幣や貨幣だって食べられるわけではないし、それ自体に価値はないんですが、数字だけでよいとなると、いよいよ実体がないことがはっきりしてきます」

「人間は、ないものをやり取りしているわけですか」

「そうです」

「でもその、ないものがないと生きていけない。ないもののために苦しんで、ないものを奪い合っている」

「人間がそういう社会にしてしまっているからです」

私は言った。

「お金は、持てるものを制限するためにあるのではないでしょうか」

「手に入れた数字の分しか物が買えないようになっているってことですね」

「はい。世の中からお金をなくしたら、皆がたくさんのものを持っていってしまい、奪い合いになるんじゃないかといわれたりします」

「必要以上のものを持っていく必要はないと思うんですが」

「そうなんですけどね。でも、今でも何かがなくなるというデマが流れたりすると、すぐ買い占めとか起きるし」

「本当になくなりそうなものは皆で分けるしかないと思いますが、あらゆるものが足りている状態なら、お店から必要な時に必要なだけもらってくればいいと思うんですが」

「そうですよね。余分にもらってきたら、置いておく場所もいりますからね」

「まあ、それは人々がその状態に慣れて、他の人のことを考えるようになれば大丈夫でしょう」

私は言った。

「現在、世界ではどんどん貧富の差がついていて、国家予算ほどのお金を持っている人もいれば、今日食べるものさえ買えない人もいます」

「ほう」

「それに大金持ちはいろんな力を持つようです。だから多くの人はお金持ちになりたがる」

「でも、金持ちになれる人なんてほんの一部でしょう」

「ええ。それなりの金持ちはたくさんいますが、ものすごい金持ちはごくわずかです」

「そういう金持ちは、貧富の差をどう考えているんでしょう」

「さあ。人によると思いますが。お金を配ろうとしているお金持ちもいるみたいですけど」

「本当は、別に誰かがあげなくてもいいんですけどね。実体のないものなんですから、足りない人がその権利を持つことを社会が認めさえすればいい」

「お金が足りない人の通帳に、ただ数字を印字すればいいってことですね」

「そうです。紙幣を印刷する必要もありません」


私は思った。

「それならベーシックインカムも簡単にやれそうだな」

「それはどういうものですか」

「最低限、生活に必要なくらいのお金は全員に配ってしまおうという方法です」

「実現しそうですか」

「そういう話はだいぶ前からあるんですが、やっぱりそうするとみんなが働かなくなるんじゃないかとか、反対する人も多いようです」

「その気持ちもわかりますけどね。この世界では仕事はお金のためにするものと考えている人が多いみたいですから」

「ですね。実現したとしてもかなり混乱しそうだな」

「もう少し皆に、お金の本質について理解してもらうことが必要なんでしょうね」

私は言った。

「この社会では昔から『働かざる者食うべからず』なんて言葉もあって、とにかく自分が生きていくくらいのお金は自分で稼げといわれます。だからベーシックインカムなんかをやって、働かなくなる人が出たら許せないんでしょうね」

「まあ、働くことは社会の役に立つことですから大事なことではあるんですが、全員が働かなくても済むと思うし、お金のために働けというのはちょっとね」

「大人になっても、社会に出たくないから家に引きこもってしまう人も結構います」

「働く理由や目的が見つからないんでしょうね」

「そうですね。まあ、それでも誰かが食べるものや住む所は用意してくれてるから生きていけるんでしょうが、一般的な社会の価値観に合わせられない人は苦しいと思います」

「人にはみな個性がありますから、たとえ人と違っていたとしても、その人なりの生き方があると思うんですけどね」

「ですよね。天才といわれる人はみんなかなり変わってたみたいだし」

「そういう才能を十分に生かせる社会であってほしいですね」

「たぶん、お金のせいでやりたいこともやれずに、埋もれていってしまう才能がたくさんあるような気がします」

「それは残念ですね」

「お金にならないことはなかなかやれないんですよ。やるとしても、他にお金になる仕事をしながらやることになる」

「相当な努力がいりますね」

「だからあきらめてしまう人が多いと思うんです」

私は考えた。

「お金には実体がなくて、数字をただ作ればいいなら、政府が必要とするお金もそうすれば、税金はいりませんよね」

「税金とは、国民から徴収するお金ですね」

「そうです」

「確かに、社会に必要なお金は、政府が必要なだけ作ればいいと思います。数字は無限ですから」

「今は、誰かが借金をしたときに、お金は銀行が作れることになっていて、政府がした借金は、国民に国債として買わせたりするみたいです」

「ほう。親が子供に借りているようなものですね」

「でも政府は、借金が何百兆円あって大変だ、国民一人当たりいくらの借金だとか言ってます」

「ははは。そんな借金はいくらあったって誰も困りませんよ。ただ数字が増えるだけなんですから」

「なるほど」

「それは、政府も実態がわかっていないか、税金を取ることを正当化するために、国民に心配させようとしているだけだと思いますよ」

「もし税金がなくなったら、国民は大喜びすると思いますが、お金が存在しなくなれば、税金どころかすべてのものがタダですもんね。夢みたいな話です」

紳士は笑って言った。

「お金はもともと自然界には存在しないし、実体もないわけですからね。私たちから見ると、地球の人たちはそのお金のためにたくさん仕事を増やし、非常に複雑化した社会をよく長いこと続けていられるものだと感心してしまいます」

「ですよね。何をするにもいろんな手続きとか、とにかく面倒なのはお金のことばかりです。見積書だ、請求書だ、自営業の人は確定申告とか毎年やらなきゃならないし」

「ご苦労なことです」

「お金のために余計なものを作って売って、山ほど捨てて。いろいろ悪いことを考えたり。世の中、狂ってしまっていると思います」

「お金の存在しない社会から見ると、ほんとに不思議です」

「あと、日本では、少子化も問題になっています。ここのところ人口が減り続けているんです」

「何か不都合があるんですか」

「高齢者の割合が多くなると、働き手が減って、いろいろ問題が起きるみたいです」

「以前にも申しましたが、日本の国土では三千万人程度が適当なんです。高齢者の割合が多くなると、一時的には大変かもしれませんが、百歳まで生きられる人はなかなかいませんからね。人口が減れば食料やエネルギーも少なくて済みますから、余裕ができると思いますよ」

「まあ、そうなんですよね。政府は異次元の少子化対策とかいって、経済的な援助をするから子供を産んでほしいと思っているようですが、お金の問題だけでは

「現在の社会ありきで考えていても、答えは見つからないでしょうね」
ないと思うんですよね」

郵便はがき

恐れ入りますが
切手を貼って
お出し下さい

530 0027

大阪市北区堂山町 1-5-405

NPO法人
ネットワーク『地球村』
出版部 行

ふりがな お名前	男・女	年齢　　　歳

● 書籍名（　　　　　　　　　　　　　　　　　　　　　）

● 本書を何でお知りになりましたか
（　　　　　　　　　　　　　　　　　　　　　　　　　　）

● もしお金がいらなかったら、どんなことが変わると思われますか？　印象に残ったことやアイデアをお書き下さい。

● 環境や平和を願う人が増えることで社会は変わります。
あなたも『地球村』の仲間になりませんか？

☐ 資料がほしい

ご記入ありがとうございました。

注文票

● 郵送、FAX または E-mail でご送付ください

ふりがな お名前	
ご住所	〒 ●TEL　　-　　- ●FAX　　-　　- ●E-mail（　　　　　　）
数　量	●『お金のいらない国』1～4巻 各900円（税抜） 5巻 1100円（税抜） 1（　　）冊 2（　　）冊 3（　　）冊 4（　　）冊 5（　　）冊
支払方法	1. 郵便振込み（前払い）　2. 銀行振込み（前払い） 3. 代引き（手数料 450円）　いずれかに○をおつけください ※弊社既定の送料がかかります。折り返しご案内いたします。

●お申込先：ネットワーク『地球村』出版部

TEL:06-6311-0309　FAX:06-6311-0321　E-mail:office@chikyumura.org

紳士は言った。

「世界で見れば人口は増えていますよね」

「今は八十億人です。ここ三十年で、三十億人くらい増えていると思います」

「異常な増え方だと思いませんか。その方がよほど問題ですよね」

「人口が増えているのは途上国なんですが、その理由は、働き手を増やさないとならないからのようです」

「どういう仕事をするんでしょう」

「先進国に輸出する作物を生産するためで、人口爆発や貧困の原因は、先進国との不公平な取引のようです」

「お金の弊害は計り知れませんね」


紳士は一呼吸おいてから言った。

「すぐにはお金をなくせないとしても、もう少し貧富の差がつかないようにすればいいのにね」

「どうすればいいんですか」

「仕組みを変えればいいだけです」

「どのように？」

「お金に、使える期限を設ける。または、だんだん価値が減るようにする」

「なるほど」

「自然界のものは時間が経つと必ず劣化するんです。傷んだり腐ったり」

「そうか。腐るならその前に使うしかないですもんね」

「お金にもそういう性質を持たせればいいわけです」

「そうすれば誰もがお金をどんどん使うようになるでしょうね」

「ですね。お金を道具として存在させるなら、人の間をスムーズに流れるようにしないと健全な社会にはなりません。お金は血液のようなものですから、滞らせてはいけないんです」

「お金持ちがため込むから貧富の差がつくんですね」

「その通りです。だからといって、お金持ちにあまり余計なものを買われても資源の無駄だと思うんですが、お金持ちは、そのお金をどう使うかの責任があると思います」

「一生遊んで暮らせるくらいのお金を得たなら、それ以上はいらないと思うんですけどね。貧しい国を助けるなどした方がいいと思うんだけど」

「まあ、お金持ちにもいろいろな人がいるでしょうし、それぞれの考えもおありなんだとは思いますが」

「やっぱりそこまで貧富の差のつく仕組みがおかしいんだよな。持てるお金の上限でも決めたらいいのに。銀行に預けておけば利息もつきますしね」

「時間が経つと増えるというのはどう考えてもおかしいですよね。増えるところがあれば必ず減るところができます。わざわざ貧富の差がつくような仕組みにしているわけです」

「ですよね。本気で貧しい人を救うつもりなら仕組みを変えないとな」

紳士は少し考えてから言った。

「やはりお金の社会では、お金をどのくらい持てるかの競争になるんでしょうか」

「まあ、生まれた時からそういう社会で、ずっとその価値観の中で育つと、そうなってしまいますよね」

「お金を持っていてもいなくても、そういう価値観の人は多そうですものね」

「そりゃそうですよ。勝ち組、負け組なんて言葉もあるし、お金持ちはみんなにうらやましがられて、人生の成功者だと言われるし」

「まあ、大事なのは、どのくらいで満足できるかでしょうけどね」

「『足ることを知る』ってやつですね」

「そうですね。いくらお金を手に入れても、満足できなければその人は一生不幸なんでしょうから」


紳士は続けた。

「そして、これもよく考えてほしいんですが、お金は、地球の資源とは全く関係がないんです」

「人間の社会でお金が増えようと減ろうと、資源には関係ありませんからね」

「そうです。人間は、限りある資源を分け合って生きるしかありません」

「今は奪い合ってますね。だから環境破壊も止まらない」

「森林減少の勢いはすさまじいですし、いずれは地下資源も底を尽くでしょう」

「以前調べた時は、一分間に東京ドーム二個分以上の森林が減っていると書いてありました」

「想像もつかない勢いですよね。なぜ森林破壊が起きるのかわかりますか」

「木が必要なんでしょうか」

「燃料などとして使う分もありますが、ほとんどは、大豆などの食料を作るための農地開発と、牛肉になる牛の放牧のためです」

「やはり人口増加の影響ですか」

「そうですね。それと、大きな問題は、先進国の

食生活にあります」

「私たちの……」

「例えばハンバーガーです」

「え」

ハンバーガー好きな私としては微妙な気持ちになった。私は言った。

「それだけ森林が減ると、環境に影響が出ますよね」

「二酸化炭素の増加や地球温暖化の原因になりますね。動物たちの住処も奪われます」

私は頭が痛くなってきた。

「そういう事実は皆が知らないといけませんね」

私は言った。

「ＳＤＧｓだとか、地球を救おうとか、いろいろ言われてはいるんですが」

紳士は笑った。

「地球は別に、人間に救ってもらおうとは思っていないと思いますよ」

「そうか。地球環境が悪くなって困るのは人間で、地球にしてみれば人間がいなくなったって問題はないですもんね」

「人間がいなくなれば環境破壊はなくなりますし、いずれは美しい地球に戻るでしょう」

「ですよね。人間はいない方がいいのかな」

「まあ、そうなると、地球を作った意味もないんですが」

「え？」

「とにかく、人類には、もっと宇宙的視点を持ってほしいですね。少なくとも、すでに地球周辺の宇宙には出て行けているわけだし、地球が球体で、人間はその地球上のほんのわずかな空間でしか生きられないこともわかっているのに、まだその環境を破壊しようとしている」

「そうですね」

紳士は思いついたように言った。

「仮に地球が直径一メートルだとしたら、海の深さはどのくらいだと思いますか?」

「え。一センチくらいかな」

紳士は笑った。

「一番深いところでも一ミリくらいですよ」

「え、深さ一万メートルのマリアナ海溝でも一ミリ……」

「地球の表面は、非常に薄い膜のような水に覆われているわけです」

「海の面積が七割といわれますが、水の量はそんなものなんですね」

「それにその水は海水ですからね。人間が生きていくのに必要な淡水はごくごくわずかです」

紳士は続けた。

「地上だって、一万メートル上空といえば高いですよね」

「エベレストの頂上でも一ミリいかないんですね」

「人間の生きられる空間が、いかに狭いかおわかりいただけましたか」

「だから人間がおかしなことをすると環境に影響が出るんですね」

「人類が自然に逆らわずに生きていた頃は、環境破壊なんて全く考える必要はなかったと思いますが、今となってはその影響は明らかですね」

「地球にとってはバクテリアのような人間が、わざわざ貴重な自分たちの住処を壊して、お互いを殺し合ったりしているんですね」

「マネーゲームに明け暮れて、存在もしないお金を命より大事にしてますよね」

私は恐ろしくなってきた。

私は話題を変えた。

「支配欲もあるのかもしれませんね。お金がなくなったら、力の強い者が支配して、暴力の世界になるんじゃないかという人もいます」

「まあ、可能性はないとも言えませんが、そういう人はお金のある社会でも、暴力で支配しようとするんじゃないんですか」

「確かに。今でも戦争は起きていますからね」

「では、お金の存在が暴力を抑制できているわけではないでしょうね」

「そうですね。逆に、お金が原因の戦争は多いと思います」

紳士は言った。

「どうして他の国を敵とみなすんでしょうね。助け合えばいいと思うんですが」

「自分の国を守るために、戦わないといけないと思ってるみたいですね」

「たとえ攻められても、やられたらやり返すを繰り返していては、戦争は終わりません。終わったとしても、取り返しのつかない犠牲と、禍根を残すでしょう」

「全くです。過去の戦争はみんなそうなっています。人類は同じ失敗を何度繰り返してもわからないようです」

「暴力で物事が解決できると思っているうちは、平和は望めません。まあ、海の向こうに何があるのかわからなかったような頃は仕方なかったのかもしれませんが、地球が丸くて、どこにどんな人たちが住んでいるかなどもほぼ分かったなら、もう戦う必要はないと思うんですが」

「そうですよね。でもいろんな国があるし、人類の歴史を見ても戦いの連続です」

紳士は一呼吸して言った。

「確かに地球上ではたくさんの争いが起きてきました。でも、人類は初めから戦っていたわけではないんですよ」

「日本でも縄文時代は平和だったって言いますよね」

「そうです。世界でも、侵略が始まったのはそう昔のことではありません」

「どこでも先住民族は非常に優れていて、よい社会を築いてたみたいですもんね」

「そうですね。お金も存在していなかったし、平和でした」

「やはりお金が生まれてから戦うようになったんでしょうか」

「大きな原因だとは思います」

私はちょっと話題を変えてみた。

「身近な人にお金のいらない世界の話なんかしていると、皆がやりたがらない仕事はどうするんだとよく聞かれます」

「どういう仕事ですか」

「例えば、3Kといわれる、きつい、汚い、危険といったような」

「なるほど。今はそういう仕事は、誰かがお金のためだからやっているわけですか」

「それだけでもないとは思いますけど」

「その仕事が社会に必要なら、お金をもらえなかったとしても、誰かがやるのではないでしょうか」

「そうですよね。そういう仕事をしたら皆に称賛されるでしょうしね」

「お金のいらない社会になったら、お金のためだけにやっていた仕事は辞める人は多いかもしれませんが、皆がやれることをやれば社会は回ると思いますよ」

「私もそんな気がします」

紳士は続けた。

「それに、社会からお金がなくなると、仕事は激減しますよ。お金絡みの仕事や職業はすべてなくなりますから」

「すごいですよね。銀行や保険会社、株式もなくなるから証券会社もないですね」

「もちろん、そういう仕事はお金の社会では大事なんでしょうが、お金のいらない社会には必要ありません」

「金融関係でなくても、ほとんどの仕事はお金と結びついていますからね。みんな楽になりますよね。あと、お金絡みの犯罪もなくなりますね」

「犯罪はお金の社会では大変なようですね」

「泥棒は昔からありますけど、最近では詐欺がものすごいんですよ。メールなんかほぼ迷惑メールです」

「お金のためですか」

「そうでしょうね」

「ちょっと想像もつきませんが、それでは安心して暮らせないですね」

「そうですね。あらゆることが信じられなくなります。インターネット上ではフェイク画像なんかも本物と見分けがつかなくなってきたし」

「それはストレスになるでしょうね。人が信用できませんね」

「ええ。どこかに落とし穴があるんじゃないかと、ずっと警戒しながら生きているような感じです。お金のいらない社会ならこんな心配全然いらないのに」

「たぶん、あなた方に比べたら、私たちの暮らしはとても楽なんでしょうね」

「お金がないなら、詐欺なんかしようがないですもんね」

「まあ、人から迷惑をかけられたと思うことがないわけではありませんが、ほとんど人を疑う必要はないし、皆、安心して生きていると思います」

「やりたいことがやれて、自由な時間が増えそうだし。たくさん遊べそうだな」

「そうですね。それに私たちは、仕事と遊びを分けて考えないんです。例えば、歌を聴いてほしい人は、聴いてくれる人がいるから歌えるわけです。芝居も、見てくれる人がいるから演じる意味があるんです」

「なるほどね。他の仕事だって、それを必要とする人がいるからやれるわけですもんね。今の社会ではお金のためだと思ってるかもしれないけど」

「他の人の作った物を頂いたり、遊ぶことだって、与えるのと同じくらい大事なことなんです」

「あらゆる行為は、受けとってくれる人がいて初めて成り立つってことですね」

「そうです。そして、お互いが感謝することで、お互いが幸せになれます」

想像すると、私はなんだかいい気分になってきた。

「いいなあ。お金の心配もなく、みんなやりたいことができて、幸せな世界」

「まあ、幸せと感じるかどうかは、どんな境遇でも人それぞれなんですけどね」

「はたから見ればとんでもない状況でも、本人が幸せだというなら幸せなんでしょうからね」

紳士はうなずいてほほ笑んだ。

「幸せとは、どんな時でも、今が幸せと思えるかどうかなんですよね。大変なことが起きても、自分はここから何か学べることがあるんだ、ありがたいと思えれば、その人は幸せなんだと思います」

私は言った。

「でも、どうも私たちの社会って、仕事はしなくちゃいけない、与える方が偉いみたいな感じがありますね」

「もちろん、まずは誰かが与えようとしてくれなければ受け取れませんけどね」

「でも、仕事をした人より、お金を払うお客さんの方が偉いことになってみたり」

紳士は笑った。

「やはりお金の社会だとややこしいことになるんですね」


私は言った。

「あと、何でも自分でやれなきゃいけないみたいな感じもあります」

「人それぞれ得手不得手はあるでしょう」

「そうなんですけど。でもなんか、全部できた方がいいみたいな」

「どんなことですか」

「例えば学校でも、すべての科目、五段階評価ならオール五がいいとか」

「それはすごいですね。なかなかいないでしょう」

「ええ、クラスに一人いたらすごいです」

「全部できる必要なんてないでしょう。苦手なことはあっていいし、それも個性だと思うんですが」

「そうですよね。でもまあ、人にもよると思うんですが、できることより、できないことを気にしてしまったり」

「この社会ではそもそも教育が、人と比べたり、評価することが目的みたいですよね」

「ええ。点数とか順位が重視されますね」

「だから学校に行きたくなくなる子も出てくるんでしょう」

「ですね。大人になっても、不得手なことには、コンプレックスを感じます」

「どんなことですか」

「いろんなことです。日常生活に必要なこととか」

「まあ、必要なことはできないと困るかもしれませんが」

「でも、例えばね。自分で料理はできなくても、誰かが作ってくれるか、お店で買ってくればいいじゃないですか」

「まあそうですね。必要に迫られなければ」

「あと例えば、子育てなんかも、子供を産んだら育てなきゃいけないみたいな」

「育てる必要はありますけどね」

「そうなんですけど、でも親になっても、子育てに向いてない人もいると思うんですよ」

「確かに」

「そういう場合は、子育てのうまい人が育てた方がいいと思うんです」

「もちろん、誰が産んだ子であろうと、子供は社会で育てる必要があります」

「だから苦しい場合は、誰かに頼んだ方がいいと思うんですよ」

「ええ。どんなことでも、苦しい時は一人で抱え込むのはよくないです」

「昔は親と暮らしていたり、ご近所さんとかともっと交流があって、そんなに閉鎖的ではなかったと思うんですが、今は家庭内のことは家庭内で全部処理するのが当たり前みたいになってますから」

「なるほどね。あなた方は家庭とか、家族とかにとてもこだわるんでしたよね」

「ええ、まあ」

「もちろん、縁のある人とはうまくやった方がいいし、一緒にいればいたでいいこともあるとは思うんですが、誰でもある程度は一人になる時間も必要だと思いますよ」

「確かに。ずっと誰かと一緒だとそれなりに気を遣いますからね」

「人間は生きていればいつか一人になることもあると思いますから、あまり誰かに依存しすぎるのはよくないと思いますね。仮に一人になっても生活できるようにしておかないと」

「まあ、そうですよね。だから料理とかもできた方がいいのはわかるんだけど」

紳士は笑った。

「まあ、やりたいことはやればいいし、やりたくないことはやらなくていいですよ。成り行きで何とでもなるでしょう。皆が同じ人生をたどることはないし、それぞれを認め合い、必要な時は助け合えばいいと思います」

「そうですよね。皆を同じような価値観にしようとするのがそもそも間違いなんだよな。まあ、体が動かなくなれば誰かに頼ることになるとは思いますが、それが家族でなくてもね」

私は言った。

「何でも自分でできた方がいいということと関連して、例えば『自給自足』っていう言葉があるんですが。自分で食べ物を作って自分で生きるみたいな。私は、自分だけじゃなくて他の人も生かせた方がいいと思って、『自給他足』なんて言葉を考えたんですよ。調べてみたら、辞書にはなくても、すでに他の人が考えてたんですけどね」

「面白いですね。みんながそういう気持ちになれたらいいと思います」

「もちろん、自給自足だって一人とは限らないし、グループで暮らすとか、いろんなやり方があるんでしょうけど、一人一人が自分の得意なことをして、苦手なことは人に任せて、助け合えたらいいと思うんですよ。私は地球上全部の人で自給自足をしていると考えたいです」

「わかります。生きることが可能な限られた空間で、限りある資源を使いながら人類は生きているわけですから、全体で自給自足をしているとはいえると思います」

「だから戦争なんかやってる場合じゃないんですよね」

紳士と私は苦笑いした。


私は言った。

「私は以前、お金のいらない世界を経験しましたから、周りの人によくそういう話をするんですが……」

「信じてもらえますか」

「変に思われても困るので、想像したことだと言って話すんですが、反応はほんとに人それぞれですね」

紳士は笑った。

「でしょうね」

「ちょっと話しただけで、自分もそう思っていたと言ってすごく喜んでくれる人もいますが、大反対する人もいます」

「わかってくれる人にだけ伝わればいいんですよ。反対する人に押し付けてはいけません」

「ええ。議論はしないことにしています」

「正しい判断です。その場でいくら話し合ったって、理解したくない人には通じませんから」

「まあ、お互いの意見を出し合うことはいいと思うんですが、どちらかが言い負かしたところで意味はないですしね」

「そういうことです。少なくともその時点では意見が違うわけですから、ある程度話して折り合いがつかなければ、結論を出そうとする必要はないでしょう」

「以前は反対していた人が、何年かしてわかってくれることもあります」

「でしょう。人にはそれぞれのタイミングがあるんです。反対する人は、いろいろ自分なりに考えているんでしょうしね」

「そうですね。考えているから反対意見も生まれる。賛成も反対もしない人の方が実は厄介なのかもしれませんね」

「愛の反対は、憎しみではなく無関心なんて言われますよね。元の言葉とは少し意味合いが違うかもしれませんが、愛と憎しみは考え方の違いだけで、きっかけがあれば大きく変わる可能性がある。考えない人が一番遠い存在であるとはいえると思います」

「他の反応としては、そういう世界があったら行きたいとか、理想かもしれないが、実現は無理だろうとか……」

「わかります。自分ではあまり考えないタイプの人ですね」

「でね、思ったんですけど、例えば二割の人が大賛成して、二割の人が大反対しても、残りの六割の人がそんなにはっきりした意見はなくて、どちらかにつくと思うんですよ。だからその六割の人がもし賛成したら実現するだろうと。賛成が八割になりますからね」

「正しい計算じゃないですか？」

「ですよね。どのみち人間の作る社会なんですから、多くの人がそうしたいと思うならそうすればいいだけ」

「おっしゃる通りです」

「実際にお金のいらない世界になってしまえば、誰がいくら反対したところでもうお金は通用しませんしね」

紳士は笑った。

「その通りです」


「あと、お金のいらない世界は、実現が第一目的ではないということもよく言います」

「と言いますと?」

「すぐには実現できないだろうということもあるんですが、実現できないからといって想像することに意味がないとは思わないからです」

「それは大事なことです。想像もしなければ絶対に実現はしません。あらゆる発明は、想像から生まれるんです」

「たとえ実現しないとしても、お金のいらない世界、あるいは自分が理想と思う社会を自分の心の中になるべく具体的にイメージして、その視点から今の社会を見て、考えてほしいと言っています」

「そうですね。そうやって考えれば、社会のおかしさに気づきやすいでしょうね」

「ね。みんな、素直なのか何なのか、今の社会の常識や習慣にとらわれすぎてると思うんですよ。もちろん、この社会を生きていくにはそれなりに合わせておいた方が楽な面もあるんですが、みんなすごく我慢したり、あきらめたりしている気がする」

「そのようですね」

「社会と合わない自分が悪いのだと考えたり。自殺してしまう人も多いです」

「それは非常に残念ですね。生まれてきたことには何か意味があると受け止めて、生きられる限りは生きてほしいと思います」

「望む、望まないにかかわらず、起きることや出会う人には、みんな意味があるってことですよね」

「そう前向きにとらえて、どんなことからでも何かを学んでほしいと思います」

「私はそんな話をさせてもらっているおかげで、ここ数年で、ずいぶんいろいろな人とつながることができましたよ」

「どんな人ですか」

「例えば、環境問題に詳しい人やお金の仕組みを熟知している人。エコビレッジを作ろうとしている人や、過去にお金の存在しない社会を経験してきたという人まで」

「いいですね」

「いろんなタイミングでいろんな人に出会うんですが、面白いのが、私に必要な人が次々と現れて、用が済むと離れていくような感じがするんですよね。もちろん私から見てなんですが、後から考えると、ああ、あの人はあの時、私にこのことを伝えるために現れたんだなとか、私を他の人とつなげるために出会ってくれたんだなとか思えるわけです」

紳士はほほ笑んだ。

「人生ってそういうものですよね。出会いは偶然のようで、実は偶然ではないんだと思います。一生のうちにはさまざまな人と関わり、さまざまな経験を重ねていきますが、みな自分に必要な出会いであり、出来事なのではないでしょうか」

「いいことばかりとは限りませんけどね」

「あまりしたくなかった経験も、そこから何かを得られたとしたら、自分にとって必要だったんだと思えますよね」

「ですよね。じゃあ、人生は初めから決まっているんですかね」

「いえ、私はそうではないと思います。見えない力による計画はあるかもしれませんが、その通りにはいかない場合もあるだろうし、その人がどう考え、何を選択するかによって、その人の人生や、周りへの影響は変わっていくと思います」

「なるほどね。だから日々の思考や行動が大事なんですね」

私は言った。

「それで、私と出会ってくれた人たちなんですが、みんなそれぞれ、いろんな活動をしています。とてもありがたいのが、そういう人たちが皆、口をそろえて、私の話す『お金のいらない世界』を最終的な目標だと言ってくれることです」

「それは素晴らしいですね」

「ええ。皆、やってることはいろいろだけど、私の話をきっかけに、どんな世界を目指すのかという共通したイメージを持ってくれるようなんです」

紳士はほほ笑んで言った。

「それがあなたの役目ですから」

「え？」

「あなたの役割は、理想社会のイメージをできるだけ多くの人に伝えることなんですよ」

「そうなんですか」

「はい」

紳士があまり自信ありげに言うので私は驚いてしまった。

「ただ、私がそういう話をすると、では実現するにはどうすればいいのかとよく聞かれます」

「あなたは最終目標となるイメージを伝えればいいんです。そこに至るための方法は、皆で考えればいいことです。あなたの一番の役割は、現在の社会をどう変えていくかより、皆に、最終的なイメージを持ってもらうことです」

紳士は深呼吸してから言った。

「そろそろあなたにお話ししてもよさそうですね」

私はちょっと身構えた。

「以前、私のいる世界にあなたに来ていただいたのは、あなたに、これから目指すべき地球をイメージしていただくためだったんです。あなたをお連れしたのは、見た目はそれほど地球と変わらないところですが、それでもお金が存在しないというだけで、あれだけの進化を遂げられることがおわかりいただけたかと思います」

私は声が出なかった。

「地球は今、次元上昇の直前にいます。次元上昇すると、以前あなたが見られた世界の他にも、たくさんの想像もできないような世界につながることができます」

紳士は、固まっている私にちょっと笑いかけた後、続けた。

「宇宙には、これは別次元も含めてですが、たくさんの人がいて、皆、これから地球がどうなるのか、興味津々で注目しています。文明はそれなりに進歩しているのに、地球ほど長い間、お金中心の社会を続けている星は非常に珍しいんです。これから地球の人々がどう変化し、どんな星になっていくのかは宇宙のビッグイベントです」

私は驚きながらもなんだかワクワクしてきた。しかし、紳士はちょっと顔を曇らせた。

「ですが、人類がここでどういう選択をするかで地球の未来は大きく変わります」

「次元上昇できると決まっているわけではないんですね」

「はい。はっきりしたことは申し上げられませんが、これからの人々の考え、行いによって、地球では天変地異も含めてさまざまなことが起き、未来は決まっていくと思われます」

私は現在の人間社会の状態を考えると、不安になった。紳士は続けた。

「ここで地球の人類が、お金の本質などに気づいて方向転換できれば次元上昇が可能になりますが、今のまま環境破壊を続けたり、最悪、核戦争などを起こすようだと、残念なことになるでしょう」

「私たち次第ってことですね」
「そうです。以前も申しましたが、あなたたちの考え、行いによって地球の未来は全く違ったものになります」

私は目をつぶって想像した。
澄んだ空気やきれいな水。夜になれば空には満天の星が輝き、世界中の人々、子供たちの幸せそうな笑顔。誰もが本当に自分のやりたいこと、好きなことがやれて、分かち合う喜びに満ちた世界。

また、黒煙の中、世界中に雨のように降る無数の弾丸。銃声と悲鳴。核爆弾で一瞬にして吹き飛ぶ町。山のような死体。焼けただれ、血みどろの人たちが泣き叫びながらさまよい歩く世界。

私の脳裏には、天国と地獄のような光景が、交互に光るフラッシュのように展開するのだった。

ふと気がつくと、私は自分の部屋で座っていた。いつの間にか、うとうとしてしまったらしい。見回しても紳士はいなかった。

夢だったんだろうか。しかし、目の前には飲みかけのお茶の入った茶碗があり、茶碗はもう一つあって、そちらは空になっていた。開けてあるスナック菓子の袋の中身は、きれいになくなっている。

数えると、買ったはずの菓子の袋が一つなかった。

あとがき

『お金のいらない国5の発想』

私は、三十歳過ぎまで、がちがちの唯物論者で、死んだら終わり、あの世などないと考えていましたが、ある時、書店で手にした本を読み、考え方を一八〇度変えました。宗教団体ＧＬＡの開祖、高橋信次氏の著書でしたが、その後、「シルバーバーチの霊訓」などを読み、あの世の存在を確信しました。

そして、その発想をベースに、今からちょうど三十年前の一九九三年に、私は『お金のいらない国』という短編小説を書きました。会社に勤めていた私は、日頃からお金の仕事がとても煩わしいと感じていましたが、そもそもお金は人間の考え出したものに過ぎないのだし、天国では使われていないだろうと想像して書いたものでした。

天国といっても、私は、この世でもお金さえなくせば天国のように生きやすい世界になるだろうと考えたので、なるべく現在に近いイメージで、お金だけが存在しない社会を描きました。表現としては、天国なのか未来なのかわからないような、ちょっと不思議な世界にしました。

ちょうど世の中では皆がパソコンを持つようになり、インターネットが普及しだしたので、私もホームページを作り、『お金のいらない国』など自分の書いたものを載せると、あちこちに支持者が現れ始めました。

『お金のいらない国』は、執筆してから十年後の二〇〇三年に出版し、同時に、応援してくれる人たちと初のイベントを開催。寸劇も作り、自ら演じました。その後、私は講演活動を始め、落語もするようになりましたが、寸劇や落語の中ではわかりやすいように、五百年後の未来という設定にしました。

それから二十年。私は、ＳＮＳや講演活動を通じて、たくさんの人たちと出会うことができました。環境のことや経済のことなどに詳しい人からいろいろ教えていただいたり、次々起こる社会問題についてＳＮＳに意見を投稿したりしました。

過去世で、宇宙文明といわれる、お金のいらない国にほど近い世界を体験してきたという人とも繋がり、いろいろお話を伺うこともできました。

そして先日、そういったことをまとめた話を書けないかと思い立ちました。『お金のいらない国』シリーズは４まで出ていましたが、『お金のいらない国５』として書けたら、より注目してもらえるのではないかと考えました。

書き進めるうちに、今までのことが不思議なほど無理なく繋がっていきました。『お金のいらない国』は私の想像であり、創作だったはずなのに、三十年前から計画されていたような話になりました。

天国か未来か曖昧にしていた設定も、宇宙文明ということなら無理がありませんでした。これは三十年前では想像もできなかったことでした。

もともと『お金のいらない国』に登場する青年は私自身であり、また、私の考えたことを、青年との会話の中で紳士に言わせるという手法をとっていますが、5の中では、この世での私の役割も、初めから全て計画されていたというような、想像と現実が交錯するような話になりました。

二〇二三年　四月

長島龍人

お金のいらない国 5
ーお金の正体は？ー

2023年8月1日　初版第1刷発行

著　者　長島龍人（ながしま　りゅうじん）
発行人　高木善之
発行所　ＮＰＯ法人ネットワーク『地球村』
〒530-0027
大阪市北区堂山町1-5-405
TEL 06-6311-0309　FAX 06-6311-0321
装　画　リカ
印刷・製本　株式会社リーブル

ISBN978-4-902306-67-5 C0093

『地球村』出版の本

◆宇宙船地球号シリーズ
宇宙船地球号はいま
宇宙船地球号のゆくえ
高木善之
環境、社会の現状と問題点を明確にし、明るい未来へのビジョンをまとめた二冊。
各 七四一円+税

◆宇宙船地球号シリーズ
宇宙体験
高木善之
ロングセラー『転生と地球』のリライト本。平和の活動を始めた一番のきっかけとなった著者の大きな出来事から、意識、価値観の転換が体験できる、生き方を考える総集編。
九二六円+税

◆エッセイ
地球村とは
―もうひとつの未来―
高木善之
地球村の誕生、特徴、活動、ビジョンと、高木善之の気づきと決意、走り続けた軌跡など人生そのものを凝縮した一冊です。
四七六円+税

非対立
高木善之
あなたが笑顔になれば、あなたがやさしい気持ちになれば、幸せはかんたんなのです。
九二六円+税

◆冊子
・**ありがとう**
・**受け止める**
・**いのち**
・**すてきな対話法MM**
・**キューバの奇跡**
高木善之
あなたの大切な方に、元気のない人に、自分を見失っている人に、「読んでみて……」とそっと手渡してください。泣ける話、勇気づけられる話が満載です。みんなが幸せな明るい未来を描く、冊子シリーズです。
各 二三八円+税

◆平和の冊子
・**平和のつくり方**
・**軍隊を廃止した国 コスタリカ**
高木善之
平和は国同士のことだけではなく、家庭や職場、身近なことに向き合うことが大切です。問題解決、平和の実現についてまとめました。
各 二七八円+税